AF314049

CHARLES
ET
VILCOURT,

IDYLLE NOUVELLE.

A AMSTERDAM,

Et se trouve à PARIS,

Chez P. Fr. Gueffier, Libraire, au bas de
la rue de la Harpe, à la Liberté.

M. DCC. LXXII.

CHARLES

ET

VILCOURT,

IDYLLE NOUVELLE.

LE fouet en l'air & l'éperon au flanc
De son coursier, un Cavalier brillant
D'une forêt franchissant le dédale,
Plus prompt que l'air, traversoit l'intervale
Qui le conduit au rivage escarpé,
Dont un fleuve profond baigne & ronge le pié.
Il voit le fleuve & son œil étincelle ;
Il fait un cri, bondit hors de la selle,
A l'abandon laisse aller son cheval,
Et dans trois sauts gagne le bord fatal.
Au dernier pas, il recule, il chancèle ;

A ij

Les bras croiſés , il regarde les flots ;
   Puis , l'air confus , étouffant des ſanglots ,
   Et de ſa main ſe couvrant le viſage ,
Il marche à l'avanture en ce déſert ſauvage.
Bientôt ſes pas errans le ramènent au bord.
Plus d'indice chez lui d'un violent tranſport :
   Un calme morne a fait place à l'orage.
Par piece , froidement il ôte ſes habits ,
Et par ordre , avec ſoin , dans leur place ils
      ſont mis.
Il étoit beau , bien fait , ſa douceur , ſa jeuneſſe ,
Sa grace , ſa douleur , en lui tout intéreſſe.
   Sous ſon pied nud il ſent un gros caillou.
Une ſorte de joie éclate en ſa paupiere ;
   Il le ſaiſit , puis de ſa jarretierre
L'attachant par un bout & par l'autre à ſon cou ,
   Il ſe plonge dans la riviere.
   Derriere un tertre , en ramaſſant ſon bois ,
   A quatre pas un Villageois
Voyoit , ſans être vû. Dans ſa chûte , la pierre
   Avoit quitté le lien qui l'enſerre.
   Le Villageois ſoudain pouſſe un bateau
Au Cavalier qui monte , & le même cordeau
Qui devoit le noyer , le retira de l'eau.

Tranquillement , fans fe rien dire ,
Tous deux gagnent le haut. L'un fe laiffe con-
        duire ;
    L'autre le menant à l'endroit ,
Où l'on voit fes habits , lui fait figne du doigt
    De fe vêtir. La plus verte vieilleffe ,
Sur un front fillonné , femble ajouter des droits
Au maintien ferme , lefte, & mêlé de nobleffe
        Du taciturne Villageois.
    Déjà , fans faire réfiftance ,
    Le Cavalier s'eft vêtu. Le filence
        Accompagne fes mouvemens.
Bientôt fixe , immobile , il femble de fes fens
        Avoir perdu la jouiffance.
        Puis , tout-à-coup , la violence
    Armant fa main d'un funefte couteau ,
    Le Villageois fur le poignard s'élance ,
    L'arrache & le jette dans l'eau.
        Entr'eux un combat s'engage ;
        Le défefpoir & la rage
        Doublent l'élan furieux
        Du jeune Athlete. Le vieux ,
        Au premier choc , entrelaffe
        Son ennemi qu'il terraffe

Et d'un genou puiſſant, dont il preſſe ſes reins,
    Le clouant ſur la pouſſiere,
    Au Cavalier par derriere,
    Il lie enſemble les mains :
Puis, doucement, en commode poſture,
Le froid vainqueur l'aſſeoit ſur la verdure.
L'air retentit, pour la premiere fois,
Des ſons perçants de la tonnante voix
Du Cavalier. Il écume, il blaſphême ;
Et, maudiſſant Dieu, le jour & lui-même,
De ſa rage impuiſſante il fait mugir le bois :
Tandis, qu'auprès de lui, couché ſur l'herbe
      tendre,
    Le regardant ſans le comprendre,
    A ſon aiſe le Villageois,
Sur le coude appuyé, fumoit ſa pipe. O terre !
    Engloutis-moi, diſoit le Cavalier.
Monts fourcilleux, au défaut du tonnerre,
Ecraſez-moi ; mais, toi, que je n'oſe prier,
    Que t'ai-je fait ? monſtre cruel, acheve,
Egorge-moi par grace. Avec mon propre glaive
    Délivre-moi de moi-même. Pourquoi
Me regarder ? réponds ; mais, parle donc.

LE VILLAGEOIS.

Qui, moi ?
Que voudrois-tu que je te dife ?
Je te plains. Ton foible cerveau
Deux fois, dans un moment de crife,
De toi-même déjà t'a rendu le bourreau.
Mais que faire, & furtout que dire ?
Prêche-t-on, plaide-t-on la fiévre, le délire ?

LE CAVALIER.

Le délire ! mon pauvre ami,
Tes fens groffiers, ton efprit abruti,
Ne pourroient concevoir le mal qui me déchire.

LE VILLAGEOIS.

Tu fouffres donc beaucoup ?

LE CAVALIER.

Le plus cruel martyre.

LE VILLAGEOIS.

As-tu la goutte ?

A iv

L E C A V A L I E R.

Non.

L E V I L L A G E O I S.

La gravelle ?

L E C A V A L I E R.

Mais , non.

L E V I L L A G E O I S.

De quelqu'ulcère infect tentant la guérifon ,
Sur ta chair douloureufe , as-tu , par intervalle ,
Senti l'ardent tifon de la pierre infernale ?
Car , qui peut dans ton cœur exciter tant de fiel ?
Aurois-tu mal aux dents ? c'eft un tourment cruel.

L E C A V A L I E R.

Il s'agit bien ici d'une femblable peine.
   Tu ne connois que la douleur du corps.
Les tourmens de l'efprit font les feuls. Quand
            la chaîne ,
      Qui tient enfemble les refforts
De mafrêle machine , heureufement rompue ,
Aura rendu mon ame à la vafte étendue ,
Tout eft dit ; & ce rien , que l'on nomme la mort ,
      Me conduira tout doucement au port.

LE VILLAGEOIS.

Qui te l'a dit ? un homme , un revenant, un
 Ange ,
Fraîchement débarqué de ce rivage étrange ,
 T'a-t-il conté comme l'on eſt là-bas ?

LE CAVALIER.

Ignorant ! tu ne ſçais donc pas,
Qu'après la mort il n'eſt rien ? La matiere ,
De forme en forme , en diverſe maniere ,
Se figurant , d'un homme fait un chou ,
Et d'une rave un homme , & puis c'eſt tout.

LE VILLAGEOIS.

Qui te l'a dit ?

LE CAVALIER.

 Quelque choſe , qu'on nomme
Le bon ſens.

LE VILLAGEOIS.

Le bon ſens ! ton bon ſens ? le pauvre homme !

LE CAVALIER.

Téméraire ! finis des propos inſolens ,
Ou.....

L E V I L L A G E O I S.

Calme-toi. Veux-tu, qu'affemblant le village,
Le Curé, la Sœur grife & les gens du Bailliage,
  Le Magifter & les petits enfans,
  Le Chirurgien, les Mefiers, les Sergents,
Sur le fimple récit de la fcène paflée,
Je faffe décider par la Maréchauflée
  Qui de nous deux a plus l'air de bon fens ?
Tu rougis.

L E C A V A L I E R.

    Moi ! non. Du vulgaire
  Foulant aux pieds tout préjugé,
  De l'ignorance populaire,
  Heureufement, je me vois dégagé.

L E V I L L A G E O I S.

A la bonne heure; & moi, je me fens foulagé
    Lorfque l'opinion commune
Vient fe joindre à la mienne, & n'en faire plus
      qu'une.
Ce que tout haut, tout bas, dit & penfe un chacun,
    Je l'appelle le fens commun.

Mais, toi, qui t'as porté, grand esprit, cœur
        sublime,
Sans préjugés, à commettre le crime
D'un affaffin & d'un poltron ?

L e C a v a l i e r.

D'un poltron ?

L e V i l l a g e o i s.

Oui, d'un lâche. Il eft bien dur ce nom,
Ce mot affreux par qui ta fureur fe réveille,
Mais, il faut qu'il réfonne encor dans ton oreille ;
    Oui, d'un poltron, d'un lâche qui craint tout,
La faim, la foif, la douleur, la mifere,
Le chaud, le froid, l'humeur la plus légere,
        Et le moindre petit dégoût.
Une femme foible & peureufe,
Veut mourir ; elle meurt : mais timide & trem-
            bleufe,
        De fon trépas prémédité,
Cent fois elle a rompu le deffein projetté ;
L'inftant avant fa mort elle veut encor vivre,
Et dans l'accès auquel fa démence la livre,
    Le coup mortel par hazard eft porté.
Un homme—femme, incapable de fuivre

Toute action qui demande du cœur,
Précisément par manque de vigueur,
Et lâche autant que ridicule,
Impatient de la moindre douleur,
Voudra se poignarder si sa soupe le brûle ;
Tandis, qu'indifférent & calme, de son sort,
Le vrai brave, fut-ce un sauvage,
Attend la fin ; & défiant la rage
De ses bourreaux, lui-même, avec transport,
Entonne l'hymne de sa mort.

LE CAVALIER.

Ah ! qu'elle vienne donc ! de ma cruelle vie
Qu'elle vienne trancher la trame !

LE VILLAGEOIS.

Dès demain
Peut-être elle viendra. Peut-être, dans ton sein,
Ton sang bouillant par trop d'acrimonie,
D'une forte dissenterie,
Dès aujourd'hui roule & cuit le venin.
Je sçais que l'on finit avec bien plus de gloire
D'un coup de pistolet, qu'en mourant de la foire ;
Mais, après tout, pourvu que tu meures, enfin,
C'est-là le principal.

L e C a v a l i e r.

N'eſt-ce donc rien d'attendre ?

L e V i l l a g e o i s.

En attendant, les choſes peuvent prendre
Un meilleur tour.

L e C a v a l i e r.
Jamais.
L e V i l l a g e o i s.

    Les choſes d'ici bas
Changent ſans ceſſe, & du ſort qui ſe joue
Inceſſamment on voit tourner la roue.

L e C a v a l i e r.

Jamais, jamais.

L e V i l l a g e o i s.

  Quoi, jamais ? Dans ce cas,
C'eſt toi-même qui changeras.

L e C a v a l i e r.

Jamais, jamais.

L e V i l l a g e o i s.

Tu crois, tu veux, toute ta vie,

Conferver ta douleur; & moi, je t'en défie.
Quels que foient tes plaifirs , tu les émoufferas:
Quels que foient tes chagrins , tu les épuiferas :
Ainfi le veut du Ciel la juftice infinie.
Eut-on perdu le trône...une époufe chérie...
   Eut-on perdu...tout ce que tu voudras?
Choyes bien ta douleur. Malgré toi , tu verras
La fource de tes pleurs dans toi-même tarie.

LE CAVALIER.

Jamais. L'honneur perdu ne fe retrouve pas.

LE VILLAGEOIS.

L'honneur! corrige-toi, tu le retrouveras.

LE CAVALIER.

Infenfé, cet effort eft-il en ma puiffance ?
Dans un pofte brillant de la haute Finance,
   Raffemblant chez moi l'affluence
   De nos élégans de la Cour,
  Avec un d'eux, j'allois, au premier jour,
  Conclure une illuftre alliance.
  Pour réparer le vuide qu'avoit fait
  Dans ma fortune une noble dépenfe,
  D'un ami sûr j'écoutai le projet.

A fon retour, un feul vaiffeau devoit
Me rendre en même-tems l'honneur & l'opu-
lence.
Il périt corps & biens. A mon malheureux fort
Il n'eft d'autre reffource aujourd'hui que la mort.
Car, comment effuyer la douleur importune
De mes amis ? Comment affronter les brocards
De mes égaux ? Comment foutenir leurs regards,
Lorfque, tombant du haut de ma fortune,
Après avoir acquitté mes billets,
Après avoir vu mettre en vente
Mes terres, mes contrats, mes charges, mes
effets,
(J'ai bien calculé tout) pour vivre déformais,
Je ne me verrois pas dix mille écus de rente ?

LE VILLAGEOIS.

Voilà donc le fujet qui caufe ton tranfport ?
Voilà pourquoi tu te donnes la mort?
Dix mille écus de rente ! Eh ! mais, pareille fomme,
C'eft plus d'argent que n'en confomme
Pendant dix ans un Village. Je vois,
Dieu me pardonne, que tu crois,
A ton calcul, qu'un Villageois,

Un Payſan n'eſt pas un homme.
Ces millions de triſtes habitans
De la campagne, expoſés à l'injure
Du chaud brûlant, & de l'âpre froidure,
Flétris par les travaux, & courbés par les ans,
Sans vêtemens, & preſque ſans pâture,
Victimes de ton luxe & nés pour ton plaiſir;
Vois les vivre, vois les mourir.
Ils attendent la mort. Pour eux, c'eſt la clôture
D'un théâtre, où leur ſort fut toujours rigoureux.
Et toi, quel droit as-tu d'être toujours heureux?
Tu veux que je te plaigne? horreur de la nature,
Va, monſtre, le mépris de tout le genre humain
Eſt la claye & la fange noire
Où l'on doit traîner la mémoire
D'un mécréant, d'un poltron, d'un faquin,
Qui, plein de l'orgueil qui l'enivre,
Refuſe inſolemment de vivre;
Et commet froidement le plus noir des forfaits,
Que puiſſe concevoir une rage inhumaine,
Parce qu'il a perdu deux ſoupers par ſemaine,
Et par jour un plat d'entremets.

LE CAVALIER.
Arrête: ta raiſon cruelle & ſalutaire,

Dans

Dans un combat terrible & du bien & du mal,
Pour toi me fait sentir un mouvement contraire
De haine, de respect, d'amour & de colere.
Qui donc es-tu ?

L e   V i l l a g e o i s.

Je suis... Tu n'es pas mon égal.
Je te connois, ton vrai nom, c'est gros-Pierre,
Tu t'appelle Vilcourt. Dans le château voisin,
Je t'ai vu quelquefois à la Messe. Ton pere
Eût été trop heureux d'être Intendant du mien.
Je ne veux point par-là déprimer ta naissance.
Des hommes, tous égaux, l'unique différence
Est celle du pouvoir ; & l'or à sa puissance
Soumet tout. J'obéis, & je ne blâme rien.
Mais, on peut obliger sans même avoir du bien.
Je le peux, je le fais. Puisse mon avanture
Verser l'huile & le baume au fond de ta blessure !
Mon nom, c'est mon secret. Jamais tu ne sçauras
Quel est l'être voilé sous une nuit obscure,
Qui s'obstine à vouloir t'arracher au trépas.
Ecoute. Il fut un tems (ce tems, à ma mémoire
Présente quelquefois son incroyable histoire,
Et ne coûta jamais un regret à mon cœur.)

B

Il fut un tems honteux, où l'intérêt en France
A tous les yeux ofant fe montrer fans pudeur,
Le trône à fes enfans offrit un pain trompeur,
Et perdit le crédit en cherchant l'opulence.
   Mes débiteurs, mes plus proches parens,
   Mes obligés, mes amis, oui fans doute,
   Tous mes amis, par des rembourfemens
Fictices, mais forcés, hâterent la déroute
De ma fortune. Un jour m'enleva tout mon bien.
   Tout fut vendu. Je fus réduit à rien,
A rien, ou prefque rien. Tu vas voir : l'opulence
   Où je vivois avant ma décadence,
M'avoit permis de faire un mariage heureux.
   J'avois choifi. D'un parent vertueux,
Mais pauvre, j'avois pris la fille. Sa naiffance
   Etoit égale à la mienne, & fon cœur
Réunit à la fois la force & la douceur.
Ma femme, tu crains Dieu, lui dis-je, je t'a-
   dore,
Tu m'aimes, il en eft de moins heureux encore.
Ma femme, m'écriai-je, en lui ferrant la main,
   Ma femme, tu n'as plus de bien.
Je te refte tout feul. Mais, j'ai de la jeuneffe,
   De la fanté, du courage & des bras;

Avec ces biens, tu ne manqueras pas.
Qui ? moi, manquer ! avec toi ! non, non,
  cesse,
Dit-elle, en m'accablant de toute sa tendresse,
Cesse de t'allarmer. Oui, tu travailleras,
Et moi je t'aiderai, quand je te verrai las.
  Aussi, par pure complaisance
  Pour tes beaux yeux, c'est trop long-tems
  Faire la Dame d'importance.
  Or, faisons la Reine des champs.
C'est mon premier métier. Chez mon pere, au
  village,
J'ai porté des sabots. Ma femme a du courage.
Allons, vîte, dit-elle, allons, changeons d'ha-
  bits :
C'est là le premier point, & quittons ce pays.
  Aussi-tôt dit, & la métamorphose
Se fait en moins de rien. Plus fraîche que la rose,
  Dans son nouvel ajustement,
Ma femme me sembloit mille fois plus jolie.
Mes cheveux retroussés dessous mon chapeau
  blanc,
M'attiroient de sa part mainte tendre saillie.
On eût dit que du bal, ou de la comédie

        Le folâtre déguifement
Nous amufoit, quand un événement,
Bien mince, vint troubler cette douce folie.
        Ma femme alloit à notre fils,
Qui n'avoit pas quatre ans, ôter fes beaux habits;
        L'enfant pleura. Dans les yeux de la mere
        Je vis des pleurs, & les larmes du pere
Tomberent fur le front de ce pauvre marmot:
Notre petit Marquis n'étoit plus que Charlot.
Allons, partons, mon cœur, dit ma femme. Je
                ferre,
        Entre mes bras, de mon deftin févere
Les tendres compagnons, & puis, enfin, tous
                trois,
Sans fçavoir où, faifant le figne de la croix,
Nous allons devant nous, fans dire une parole.
Le tems étoit fuperbe. Or, le beau tems confole,
L'enfant rioit, bientôt il nous fit rire auffi.
Notre marche fut longue, & la route incertaine
Que nous tenions, au bout de plus d'une fe-
                maine,
En traverfant les bois nous conduifit ici.
Le lieu nous plut. J'y vis à vendre, en une af-
                fiche,

Douze arpens en valeur, & plus du double en
          friche.
       Sur moi je portois le tréfor.
Ramaffant les débris d'une immenfe fortune,
Pour vivre tous les trois, la reffource commune
       Etoit deux mille écus en or.
J'acquis ce petit bien. Je pris une fervante:
    Point de valet. J'achetai des moutons,
Trois vaches, deux bidets, des poules, des co-
          chons.
       Ma femme fe fit l'intendante
De notre baffe-cour. Elle avoit des talens.
Bien nous en prit; & moi fur deux ou trois ar-
          pens,
       Dans mon enclos, de tems en tems,
Je m'étois exercé jadis à ma campagne.
Bien nous en prit auffi. La fidele compagne
       De mes travaux, le premier jour
       Que je commençai le labour,
Long-tems avant l'aurore avoit fervi la foupe.
    Je déjeûnai; puis fautant fur la croupe
    D'un des criquets, aux champs nous arrivons
Mes deux bêtes & moi. Je faifois des fillons
    Droits comme un I; tout alla bien. A l'heure
                              B iij

Que je rentrois, gagnant notre demeure,
J'eus un peu de fouci. Sans moi, tout le matin,
Peut-être que ma femme avoit eu du chagrin.
Bientôt, de loin, je vis, auprès de notre porte,
L'enfant avec le chien jouant fur le gazon;
Notre femme chantoit; le dîner fentoit bon.
  J'entre, & bien vîte on nous l'apporte:
J'avois faim; & depuis ce jour-là, Dieu merci,
  J'ai dit adieu pour toujours au fouci.

Le Cavalier.

Mais enfin, comment peut-on faire
  Pour vivre, & même pauvrement,
Comment d'une famille avoir le néceffaire,
  Avec deux mille écus de fonds?

Le Villageois.

                    Comment?
Vous autres, vous croyez que l'on mange l'ar-
      gent,
  Et c'eft l'argent qui vous mange au contraire.
Moi pauvre! Tant s'en faut. D'abord je ne dois
      rien;
Je paie tout mon monde & j'acquitte ma taille.

D’ailleurs, outre mon fonds, j’ai trois fortes de
    bien,
    Dont, à Paris, comme à Verfailles,
    On ne fe doute même pas.
C’eft le tems, l’induftrie, & fur-tout deux bons
    bras.
Par fes œufs, fes poulets, fon beurre & fon fro-
    mage,
Ma femme toute feule a nourri le ménage.
Elle a la vogue. On vient de tous côtés ici,
Et des châteaux voifins la foule y court : auffi
Tout eft-il excellent ; & puis la ménagere
Propre, douce & foigneufe à chacun cherche à
    plaire.

L e C a v a l i e r.

Je vois que l’on peut vivre à moins de frais aux
    champs
Qu’on ne fait à Paris, mais la vie eft bien dure.
D’ailleurs, environné de ruftres, d’ignorans,
Point de fociété, dans cette vie obfcure.

L e V i l l a g e o i s.

D’abord, la vie eft dure ? Oh ! voyons donc
    pourquoi.

Je chaſſois autrefois, aujourd’hui je laboure;
Et, par le mauvais tems, quand ce feroit le Roi,
S'il pleut, il eſt mouillé, tout auſſi bien que moi.
Point de ſociété? J’aime bien qu’on diſcoure
        Des choſes qu’on ne connoît pas.
De ces ſociétés dont je fais peu de cas,
        Où l’on parle par épigramme,
Que l’on vante tout haut, dont on ſe plaint tout
            bas,
    Je n’en ai point; mais n’ai-je pas ma femme ?
Point de ſociété! N’ai-je pas mes enfans ?
Oui, j’en ai. J’ai perdu mon fils, mais j’ai ma fille,
Ma fille ? C’eſt l’eſprit de toute la famille,
Car elle rit toujours. A l’âge de quinze ans,
Le neveu du Curé la trouva ſi gentille,
Que je la lui donnai. Ce neveu n’avoit rien.
        Tant mieux; il aura tout mon bien.
        Il l’a bien mérité. Peut-être,
        On en eût fait un mauvais Prêtre,
        Et c’eſt un fameux Laboureur.
Je me vois maintenant trente arpens en valeur.
Il a tout défriché. Pour planter, pour abattre,
        Lui ſeul il en fait plus que quatre.
        Et puis ma fille, tous les ans,

Nous peuple la maiſon d'enfans.
Mes chers enfans ! A des ſoins mercenaires,
La ville, où l'on a tant d'affaires,
Des affaires ſans nombre, abandonne les ſiens :
Et moi, qui ſçais jouir des miens,
De leur bégayement la douce mélodie
M'enchante cent fois plus que votre Comédie.
Croiſſant autour de moi cette poſtérité,
M'avertit de jouir d'un repos mérité.
Sur elle je m'appuie. Auſſi ſur la dépenſe
Nous nous gênons bien moins. J'ai la volaille
      au pot :
Je bois du vin : le ſoir on mange le gigot,
Et le pauvre aujourd'hui vit de notre abondance.
Je travaille toujours, mais c'eſt pour ma ſanté,
Pour fournir à l'emploi de mon activité,
Et pour, de mon travail, goûter la récompenſe :
Car le pain que l'on gagne a bien plus de ſaveur.
  Or, maintenant, je le tiens le bonheur,
Je ne le lâche plus. Au bout de ma carriere,
Je ne ſuis pas malade encor, mais je ſuis vieux
Et je vois doucement venir l'heure derniere.
Alors je changerai la terre pour les cieux ;
Car j'irai, j'en ſuis ſûr, par mon humble priere,

Recommander fans ceffe, au féjour glorieux,
Ma femme & mes enfans qui fermeront mes
        yeux.
Mais dans les tiens je vois des larmes.

Le Cavalier.

                    O mon pere !
    Mon tendre ami ! de toute ma mifere
        Je vois, je fens la profondeur.
Je pourrois donc encor connoître le bonheur ?
O plutôt, le bonheur, il eft en ma puiffance
Pour la premiere fois. Rompons toute alliance,
        Tout commerce avec fes amis,
Ses frivoles flatteurs, dont l'amitié m'outrage.
Vivons dans notre état. Ayons donc le courage
De vivre enfin pour nous. Aifément je le puis,
        Et ma fortune eft affez grande.
Et toi, mon feul ami, n'appréhende plus rien
        De mes excès ; ôte-moi ce lien,
Oui, c'eft pour t'embraffer que je te le demande.

Le Villageois.

J'y confens. Je te livre à toi-même. Auffi-bien
Dieu feul peut te garder. Qu'il te beniffe,

A peine
Étoit-il délivré, qu'un laquais hors d'haleine,
Arrive à toute bride. Ah ! Monfieur, nous cou-
rons,
Dit-il, dans tous les environs,
Depuis votre départ. Monfieur le Secrétaire
Dit qu'un Exprès d'Efpagne arrive ici par terre,
Annonçant le retour de ce riche vaiffeau
Que l'on croyoit perdu. Lifez. Voilà le fceau
Du Dieu vivant, reprit d'un ton févere
Le Villageois, & voilà le moment,
En adorant la Providence,
D'ufer de fes dons fagement.
Le Cavalier, dans un profond filence,
Ecoutoit tout ; & tenant dans fa main
La lettre qu'il n'avoit pas lue,
Etoit plus froid qu'une ftatue.
Puis renvoyant le Meffager ; enfin,
Douce Religion, dit-il, viens dans mon ame
La pénétrer de ta plus vive flamme.
Pour avoir perdu de l'argent
J'avois voulu perdre la vie.
Tout à-l'heure j'étois content
D'un fort honnête ; maintenant

Je deviens riche à faire envie.
Un paſſage ſi violent
Me fait connoître le néant
De la fortune. Une fort belle terre,
Rendant deux mille écus, peut & doit ſatisfaire
D'un Bourgeois les beſoins réels.
Une couſine à moi languit dans la miſere :
A mon deſtin, par des nœuds ſolemnels,
Je veux l'unir ; mais, avant tout, l'affaire
Qui me preſſe le plus, que j'ai le plus à cœur,
C'eſt, au plutôt, de me défaire
De ce maudit argent qui nuit à mon bonheur.
L'unique bien qu'il faſſe & qui puiſſe me plaire,
C'eſt le bien d'obliger ; j'aurai cette douceur.
Puis, rapproché de mon libérateur,
Avec ſa femme, avec ſa fille,
Uniſſant ma propre famille,
Nous pourrons,..... Non, jamais, non, dit le
Villageois,
Nous nous voyons ici pour la derniere fois.
Un Chartreux, qui craint le ſcrupule,
Ne doit point quitter ſa cellule.
Je vous dois, je vous rends tout reſpect, tout
honneur,

Je suis *Charles*, tout court, vous êtes un *Monsieur*.

Adieu, Monsieur, adieu. Fidéles l'un à l'autre,
Gardez bien mon secret, je garderai le vôtre.

F I N.